L'IMMORTALITÉ

DE L'AME

Poëme dédié à l'ombre de Camille

PAR

H. A. GOUTTIÈRE

HOMME DE LETTRES

4e ÉDITION

LILLE

Imp. de ALCAN LEVY, éditeur, rue des Chats-Bossus, 15.

1857.

L'IMMORTALITÉ

DE L'AME

Poëme dédié à l'ombre de Camille

PAR

H. A. GOUTTIÈRE

HOMME DE LETTRES

4e ÉDITION

LILLE

Imp. de ALCAN LEVY, éditeur, rue des Chats-Bossus, 15.

1857.

LETTRE DE M. DE LAMARTINE

A L'AUTEUR

~~~~~~~~

Monsieur,

J'arrive de Paris, je suis accablé du contre coup de la douleur qui a retenti jusqu'à vous, malade et dans un état d'abattement physique et moral, qui me permet à peine de tenir ma plume. Mais mon cœur souffrirait plus du silence que je ne souffre à vous tracer ces deux lignes.

Sachez donc au moins que j'ai reçu, que j'ai lu votre poëme de l'Immortalité de l'Ame, et que j'ai pleuré en vous lisant. Sachez que vos beaux vers ont atteint le but de toute poésie, celui de toucher et de consoler. Je vous en dirais plus, s'ils ne touchaient à la partie la plus douloureuse de mes souvenirs.

Recevez donc, Monsieur, en excusant la brièveté de ces lignes, sur mon impuissance absolue d'écrire, l'assurance de mes sentiments les plus affectueux.

J'espère que si des temps meilleurs renaissent pour moi, je pourrai vous les exprimer mieux et comme je les ai éprouvés.

Alp. de Lamartine.

Mâcon, 9 Novembre 1833.

L'IMMORTALITÉ

DE L'AME

L'impie a dit, aveugle en son audace extrême :
« Aux crédules mortels laissons leur vain système ;
» L'éternité n'est point, tout périt avec nous ;
» La vertu n'est qu'un nom ; contentons tous nos goûts.
» Ecartons loin de nous l'importune sagesse,
» Et de nos passions n'écoutons que l'ivresse.
» Dans le sein des festins, des ris et des amours,
» Que la volupté seule embellisse nos jours.
» Libres de préjugés, cessons de nous contraindre ;
» Profitons du présent, jouissons sans rien craindre.
» Tandis que le plaisir a pour nous des attraits,
» Jouissons, puisqu'enfin nous mourons pour jamais. »
Malheureux insensé ! combien ta destinée
Aux yeux de la raison paraît infortunée !
Eh quoi ! tu peux penser au néant sans frémir,
Et Dieu nous aurait faits pour nous anéantir !

Admirateur zélé des erreurs de Lucrèce,
Tu suis des plaisirs seuls l'amorce enchanteresse ;
Et, repoussant bien loin un riant avenir,
Dans la tombe à jamais tu veux t'ensevelir !
Par tes dogmes trompeurs qu'inspire la démence,
De la religion tu détruis la puissance.
Le Juste en vain prétend à la félicité :
Il ne fut donc formé que pour l'adversité !
S'il faut s'en rapporter à ce système horrible,
Le Roi du ciel n'est plus qu'un tyran inflexible,
Et le Juste qui meurt, sous le crime abattu,
Doit perdre avec le jour le fruit de sa vertu !
Arrête, homme incrédule ! abaisse enfin la vue
Sur ce globe terrestre, et sur son étendue
Vois les signes sacrés d'une immortalité ;
Reconnais en ce jour l'auguste vérité !
Examine avec moi la puissance de l'homme,
Et juge s'il est vrai qu'il ne soit qu'un fantôme,
Des caprices du sort esclave infortuné,
Par un Dieu tyrannique au néant condamné.
Vois ces vaisseaux chargés de dépouilles utiles
Voguer tranquillement sur les vagues dociles.
L'homme affronte les mers et les vents furieux ;
La terre et l'Océan sont soumis à ses vœux.
A ses travaux hardis rien ne semble impossible :
Il mesure des Cieux l'espace inaccessible ;
Il pénètre au delà du soleil qui nous luit ;
Il commande ; à son art la nature obéit :

L'abîme disparaît, les fontaines jaillissent,
Les flots sont arrêtés, et les monts s'aplanissent ;
La vertu se soustrait à l'oubli des tombeaux ;
La toile se transforme en de vivants tableaux ;
Sous ses habiles mains l'airain dompté respire,
Et la peine se calme aux accords de sa lyre.
Vois ces arcs de triomphe et ces fiers monuments
Dont le front a bravé les outrages du temps !
Vois sur ces monts altiers ces cités élevées,
Ces déserts, aujourd'hui campagnes cultivées !
Vois ces riches moissons qui flottent sur les champs ;
De force et de grandeur quels signes imposants !
Contemple la vapeur dont les effets étonnent,
Ces routes que des chars tels qu'un éclair sillonnent ;
Il n'est plus de distance, et nos rapports divers
S'échangent comme un rêve avec tout l'univers !
Examine du gaz la splendeur ravissante
Disputant au soleil sa lumière éclatante,
La merveille appliquée à l'électricité,
Rivalisant la foudre en sa rapidité ;
Parcours enfin des yeux la surface du monde,
Tu rencontres partout une empreinte profonde
D'un céleste génie et d'une majesté
Qui te dit : L'homme est né pour l'immortalité !
De la divinité l'homme est une étincelle,
Lorsqu'il meurt, c'est un Dieu de qui la voix l'appelle :
Il va jouir en paix du fruit de ses vertus,
Dans l'empire sacré qu'habitent les élus ;

Cette raison qui brille en son âme élevée,
Cette raison, enfin, dont la brute est privée,
La pensée, en un mot, te dit que le néant
Ne sera pas le sort que ton erreur attend.
Il est une demeure où la chaste innocence
Doit recevoir le prix de son obéissance.
L'âme, ce feu céleste, invisible à nos yeux,
Lorsque le corps n'est plus, s'élance vers les cieux,
Les remords du coupable, et cette paix profonde
Dont jouit l'innocent lorsqu'il quitte ce monde,
De l'immortalité sont les signes certains,
Et prouvent que le Ciel veut sauver les humains.
Oui, de l'éternité tout prouve l'existence,
J'en crois du Créateur la sainte providence;
Il est un lieu sacré, mortels, n'en doutez pas,
Où nous ne craindrons plus les peines d'ici-bas.
Dieu bannit de ce lieu la discorde cruelle,
C'est là que l'on jouit d'une paix éternelle,
C'est là qu'on n'entend plus de douloureux soupirs,
Et que l'homme est heureux, sans regrets, sans désirs,
Près du trône immortel de la Toute-Puissance,
Dont les bienfaits sur nous coulent en abondance.
O mépris du néant, espoir consolateur
De revivre à jamais dans un monde meilleur !
Que ce doux sentiment pour le juste a de charmes !
Combien dans les revers il fait sécher de larmes !
Lui seul est ici-bas la source du bonheur;
Mais qu'on est malheureux sans cet espoir flatteur !

Non, je ne puis penser que le maître du monde
Nous plonge pour toujours dans une nuit profonde ;
Ce serait dégrader sa divine grandeur
Que de le peindre armé d'un glaive destructeur.
L'innocence opprimée à la vertu s'immole,
Mais l'espoir la soutient, l'avenir la console ;
Dieu ne trompera pas ses vertueux efforts ,
Dieu n'est pas un tyran qui règne sur les morts ;
Il ne détruira pas ses plus parfaits ouvrages ,
Ils seront immortels, puisqu'ils sont ses images.
Celui qui nous fit naître est juste et généreux :
Il ne nous a point faits pour un sort malheureux.
Non, je ne puis penser, ô ma chère Camille !
Qu'à jamais effacé de ce terrestre asile,
Ton aspect à mes yeux soit ravi sans retour :
Bientôt j'irai te joindre au céleste séjour.
Ta belle âme, ô Camille ! aux cieux s'est élancée,
Et sans cesse vers toi s'élève ma pensée.
Des lieux saints désormais tu me vois, tu m'entends,
Peut-être tu voudrais répondre à mes accents.
Que ne puis-je, porté sur l'aile de l'aurore,
M'élancer jusqu'à toi, tendre objet que j'adore !
Hélas ! tu disparus au matin de tes ans,
Lorsque ton amitié charmait tous mes instants.
Déjà quatre printemps, de fleurs et de verdure,
Depuis que tu n'es plus, ont paré la nature ;
Mais ton image encore est au fond de mon cœur :
Je n'ai point oublié ta grâce et ta douceur ;

Mon âme chaque jour gémit de ton absence.
Camille ! j'aimais tant ton aimable présence,
Je trouvais tant d'attraits à tous nos entretiens,
Et nous étions unis par de si doux liens !
Jamais je n'oublierai tes vertus et tes charmes ;
Sur ta tombe souvent je vais verser des larmes ;
Et tes derniers moments, et tes derniers discours,
Dans mon âme gravés, m'attendriront toujours.
Eh ! comment oublier cette heure si touchante,
Camille, où tu me dis, d'une voix expirante,
Cher ami ! je te quitte ; adieu ! ne pleure pas.
Conserve-moi ton cœur ; tu me retrouveras
Dans un monde plus pur, où nos âmes ravies
Par des nœuds éternels se reverront unies !
Ah ! sans l'espoir flatteur de te revoir encor,
Je n'aurais pu survivre à mon malheureux sort.
Cher objet ! tu faisais le charme de ma vie
Et la félicité. . . . . ta mort me l'a ravie ;
Mais je n'accuse point cet arrêt rigoureux ;
Je pleure. . . . . . et je bénis la volonté des Cieux.
C'est peut-être un bienfait que ta main nous accorde,
Un effet merveilleux de ta miséricorde,
Grand Dieu ! quand ton pouvoir, au milieu de leur cours,
Vient éteindre soudain le flambeau de nos jours.
Quoi qu'il en soit, Seigneur, j'adore ta puissance ;
J'espère, et je bénis ta sage providence.
Dans mes plus noirs chagrins je t'implore toujours,
Et, sensible à mes maux, tu viens à mon secours.

Ceux qui dans la promesse ont mis leur confiance,
Ne se sont point flattés d'une vaine espérance....
Céleste piété, remplis toujours mon cœur
Et bannis loin de moi l'imposture et l'erreur.
Que tes rayons sacrés éclairent ma jeunesse ;
Viens conduire mes pas vers l'auguste sagesse.
Le bonheur d'ici-bas flatte en vain mes désirs,
Le ciel, voilà l'espoir de mes plus doux plaisirs.
Dégagé des liens qui retiennent mon âme,
Quand pourrai-je voler, plein d'une sainte flamme,
Vers l'Être souverain qui m'a donné le jour?
Quand pourrai-je quitter ce profane séjour?
Je te verrai sans voile, ô vérité céleste !
Je renaîtrai, Seigneur! ta bonté me l'atteste.
Dans ces jours criminels la vie est un sommeil,
Et la mort salutaire est pour l'âme un réveil.
Le désir du néant ne convient qu'à l'impie,
Tout souillé de forfaits, il fuit une autre vie;
Mais peut-il éviter ces remords déchirants
Qui jusques au tombeau poursuivent les méchants?...
O toi, qui fus toujours ma plus chère espérance,
Grand Dieu! je mets en toi toute ma confiance;
Que ton flambeau divin éclaire mon esprit,
Daigne guider toi-même un cœur qui te chérit.
Tu ne tromperas pas mes vœux et mon attente,
Seigneur; ton équité, ta grâce bienfaisante,
Tout m'en assure enfin, et je me livre à toi....
Quels pensers, ô mon Dieu! viennent s'offrir à moi!

Que mes yeux répandront de larmes d'allégresse !
Quels transports ravissants, quelle céleste ivresse
Combleront mon espoir, quand mes yeux attendris
Reverront tout-à-coup ces parents, ces amis,
Parvenus avant moi près de l'Être suprême !....
Ah ! dans l'illusion de ce bonheur extrême,
Je voudrais avancer le fortuné moment
Qui doit réaliser l'espoir le plus touchant.
Déjà je crois le voir, ce jour, ce jour terrible,
Où, plein de majesté, Dieu se rendant visible,
Précédé du tonnerre et la balance en main,
Viendra de ses enfants prononcer le destin.
A son auguste aspect, les montagnes s'écroulent,
La terre a tressailli, les flots des mers s'écoulent ;
Et l'univers tremblant attend dans la terreur
L'irrévocable arrêt de son divin Auteur.
Déjà je vois pâlir l'astre de la lumière,
L'obscurité s'étend sur la nature entière,
J'entends mugir au loin les éléments divers,
La trompette sacrée éclate dans les airs,
Les morts sont éveillés au fond de leur retraite,
Les tombeaux sont ouverts, le jugement s'apprête.
L'impie est accablé d'une horrible frayeur,
Et le cri du remords a déchiré son cœur ;
Il frémit... A ses yeux s'ouvrent les noirs abîmes,
Où la fureur du ciel doit plonger les victimes.
Ses regards voudraient fuir ces tableaux effrayants ;
Il implore son Dieu, mais il n'en oat plus temps ;

Bientôt va s'allumer la foudre vengeresse,
Quels cris de désespoir et quels chants d'allégresse !
Bientôt l'éternité va s'offrir aux mortels :
Dieu prépare des biens et des maux éternels ;
Il paraît, et sa voix foudroyante et propice,
Fait éclater enfin l'arrêt de sa justice.....
O trop heureux alors, heureux l'homme innocent
Qui mit sa confiance en ce Dieu tout-puissant !
Mais malheur à celui dont l'insolence extrême
Porta jusqu'au cercueil le doute et le blasphême,
Et dont l'esprit rebelle à la loi du Seigneur,
De son divin pouvoir méconnut la grandeur !
Pourra-t-il de son juge apaiser la colère ?
Que peut attendre un fils qui méprisa son père ?
Quel sera le destin de cet enfant ingrat?...
Je frémis en songeant au sort de l'apostat.
Justes, n'en doutez pas, notre âme est immortelle ;
Que sur vos fronts sereins l'espérance étincelle ;
Célébrons les bienfaits de notre Créateur,
Ne craignons que lui seul et fuyons l'imposteur.
Béni soit à jamais l'homme à son Dieu fidèle,
Qui, pour l'humble vertu plein d'amour et de zèle,
Élève vers le ciel l'hommage de son cœur,
Et voit dans son trépas l'aurore du bonheur!
Mais que je plains celui qui, d'abîme en abîme,
Descend dans le tombeau tout souillé par le crime!
Il meurt empoisonné des plus cruels regrets ;
Pour lui plus de bonheur, plus d'espoir, plus de paix!

Si Dieu, pour ses enfants, est un père sensible,
Pour les cœurs endurcis, c'est un juge inflexible ;
Mortels, le repentir peut seul le désarmer :
Pour gagner son amour, sachez qu'il faut l'aimer.
O toi qui ne chéris que les attraits du vice,
Que la bonté du ciel désormais t'attendrisse !
Du joug des passions affranchis ton esprit,
Sors de l'aveuglement où ta raison languit ;
Que l'incrédulité n'infecte plus ton âme,
Et que la piété te pénètre et t'enflamme.
Pourquoi vivre toujours dans une affreuse nuit ?
Pourquoi douter encor quand le soleil te luit ?
Si l'immortalité n'était qu'une chimère,
Si l'âme avec le corps rentrait dans la poussière,
D'où viendraient, réponds-moi, ces remords éternels
Qui poursuivent partout l'âme des criminels ?
D'où viendrait cette paix, ce calme inaltérable
Dont jouit en mourant le mortel équitable ?
Ah! de ces sentiments le présage est certain :
Il annonce des biens et des tourments sans fin.
Philosophes profonds, loin de moi vos chimères !
Heureux celui qui fuit vos perfides lumières !
Le flambeau qui vous guide est celui de l'erreur,
Et tous vos arguments n'ont qu'un éclat trompeur ;
Ainsi, lorsque la nuit étend son voile sombre,
Ces feux légers qu'on voit souvent glisser dans l'ombre
Trompent le voyageur de sa route écarté,
Qui tombe dans l'abîme en suivant leur clarté.

Quel avenir, ô Ciel ! et quelle fin terrible
Réserve au genre humain votre système horrible !
Aux sons de votre voix, malheureux qui s'endort !
Le calme qu'il respire est un sommeil de mort.
Hé quoi ! vous prétendez, insensés que vous êtes,
Pénétrer du Très-Haut les volontés secrètes ?
Si l'homme est malheureux, peut-il l'être à jamais ?
Et faut-il l'arracher à cette aimable paix
Que la foi sainte inspire à son âme ravie,
Et qui le charme encor même en quittant la vie ?
Si l'immortalité n'est qu'une illusion,
Ses prestiges du moins captivent ma raison ;
L'anéantissement m'attriste et m'épouvante ;
L'espoir qui me sourit, me console et m'enchante.
Votre système est fait pour inspirer l'horreur ;
Le mien rend vertueux et conduit au bonheur.
Entre ces deux partis, que l'homme aveugle hésite ;
Justes ! au vrai bonheur l'Éternel vous invite.
Pouvez-vous, ô mortels ! balancer un instant
Entre la vérité, la mort et le néant ?......
Oui, Platon, oui, j'en crois ta céleste doctrine,
J'en crois la Providence et la bonté divine,
J'en crois tous les bienfaits du souverain Auteur,
Et les pressentiments qui pénètrent mon cœur ;
Dieu fit l'homme immortel, il le fit pour sa gloire,
Et le bonheur de l'homme ici-bas est de croire.
Sans la foi, sans l'espoir de l'immortalité,
Il ne saurait prétendre à la félicité.

Sur l'aîle d'un moment l'éternité repose :
Suis donc tous les devoirs que la vertu t'impose,
Pécheur ! réveille-toi ; saisis l'instant qui fuit,
Repousse loin de toi l'erreur qui te séduit,
Élève-toi vers Dieu dont la voix t'a fait naître :
Peut-être devant lui bientôt tu vas paraître.
La mort peut te surprendre au milieu des plaisirs
Dont tu flattes souvent tes criminels désirs.
Que la sagesse enfin et t'instruise et t'éclaire
Et dans ton Créateur reconnais un bon père.
Rappelle, il en est temps, la vertu dans ton cœur,
Dieu n'est pas inflexible, il pardonne à l'erreur ;
Mais l'erreur obstinée excite sa colère,
Adorons donc ses lois, redoutons son tonnerre,
Et, pleins du noble espoir de l'immortalité,
Bénissons les bienfaits de la Divinité.